DISSERTATION

SUR LA

DÉLIVRANCE D'ANVERS

EN 1622 ET EN 1624.

(Extrait des Bollandistes.)

PAR ÉD. TERWECOREN, S. J.

BRUXELLES,

LIB. DE H. GOEMAERE, SUCC. DE VANDERBORGHT,

Marché-aux-Poulets, 26.

1852

23e livraison — 1e de décembre.

DISSERTATION

SUR LA

DÉLIVRANCE D'ANVERS

EN 1622 ET EN 1624.

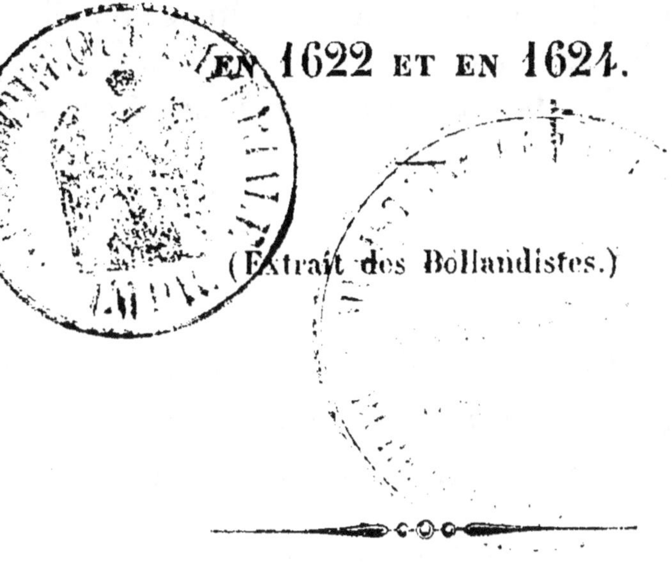

(Extrait des Bollandistes.)

BRUXELLES,

LIB. DE H. GOEMAERE, SUCC. DE VANDERBORGHT,

MARCHÉ-AUX-POULETS, 26.

1852

PROTESTATION DE L'AUTEUR.

En exécution des décrets d'Urbain VIII, je déclare que, dans la narration des miracles, des révélations et des faits de tout autre genre contenus dans cette histoire, je ne prétends en rien prévenir le jugement de l'Église romaine, à laquelle je soumets sans réserve mes sentiments, mes écrits et ma personne.

—

APPROBATION.

Ayant fait examiner l'opuscule intitulé : *Dissertation sur la délivrance d'Anvers en 1622 et 1624*, nous en permettons l'impression.

Malines, le 9 novembre 1852.

P. CORTEN, *Vic. Gén.*

DÉPOSÉ.

Imp. de J. Vandereydt, rue de Flandre, 104.

PRÉFACE DE L'ÉDITEUR.

—

Cette dissertation paraît pour la première fois
en français. Elle est traduite des *Acta Sanctorum*
(xv octobre, page 645), et fait partie de la vie de
sainte Thérèse, écrite par le R. P. Joseph Vandermoere, de la Compagnie de Jésus, actuel-
lement recteur du collége Notre-Dame à Anvers.

Avant de donner ce travail, nous ferons connaître au lecteur la vénérable carmélite qui en
fait l'objet, le récit de la délivrance et les fon-
dements sur lesquels se base l'examen critique
de l'auteur.

1. Notice sur la vénérable Anne de Saint-Barthélemi.

L'histoire de la vie, des vertus et des miracles
de la vénérable mère Anne de Saint-Barthélemi,
compagne inséparable de la sainte mère Thérèse
de Jésus, a été composée en espagnol par le R.P.
Chrysostome Henriquez, religieux et historio-
graphe général de l'ordre de Saint-Bernard, et
traduite en français par René Gaultier, conseil-
ler d'État. Cette traduction fut publiée à Paris

en 1633. Trente ans auparavant, Henri IV avait envoyé Gaultier en Espagne pour y chercher des carmélites ; parmi les pieuses filles qu'il amena en France, se trouvait Anne de Saint-Barthélemi. Depuis il eut beaucoup de conversations avec cette vénérable carmélite. Dans son épitre dédicatoire, il se déclare témoin oculaire de presque tout ce qu'il écrit. Anne de Saint-Barthélemi fut la fondatrice des carmélites de France avant de l'être de celles d'Anvers.

La vénérable Marie de Saint-Jérôme, cousine de sainte Thérèse, a laissé une relation des vertus et des révélations de la mère Anne. Cette relation mérite beaucoup de confiance, tant à cause de la sainteté de celle qui l'a faite, que parce qu'elle fut maîtresse des novices pendant le noviciat d'Anne, et qu'elle eut depuis avec elle de longues conversations. La sœur Thérèse de Jésus, nièce de la sainte de ce nom, avait observé soigneusement les paroles et les actions de la vénérable Anne, quand elles vivaient ensemble à Saint-Joseph d'Avila. Ses écrits étaient encore conservés en 1633 ; nous ignorons s'ils le sont jusqu'à ce jour. La mère Léonore de Saint-Bernard, prieure et fondatrice des couvents de Gand et de Malines, a aussi écrit la vie de sa fidèle compagne, dont elle avait beaucoup vu et beaucoup entendu. Le père Jérôme Gracien a aussi rédigé la vie d'Anne ; il l'avait connue.

C'est sur les relations authentiques, écrites par la vénérable Anne elle-même, ou par ses supérieurs, ses compagnes, ou par le P. Gratien, l'un des rares esprits de ce temps, que René Gaultier a composé son histoire, comme il le dit lui-même dans son prologue, qui nous a fourni ces renseignements. Il avait eu en main les originaux.

Nous pouvons nous contenter ici de la courte notice qui se trouve dans les *Vies des Saints*, par Alban Butler, 7 juin, édition de Louvain, 1850.

« La vénérable Anne de Saint-Barthélemi, née en Espagne, dans le royaume de Vieille-Castille, était toute jeune encore lorsqu'elle prit le voile dans le couvent de Saint-Joseph d'Avila. Elle fut une des premières à embrasser la réforme, ayant eu occasion de connaître de bonne heure sainte Thérèse. C'était une sainte fille qui, par les vues de la foi, s'était élevée au-dessus de toutes les considérations humaines. Elle s'était détachée, du fond du cœur, de tout ce qui n'était pas Dieu, ou qui n'y avait pas du moins un rapport prochain. Occupée de la contemplation, elle ne négligea rien de ce qui pouvait former en elle une image des vertus de la sainte fondatrice, qui disait d'elle : « J'ai le nom de sainte, mais » Anne en possède les œuvres. » Singulièrement attachée à sainte Thérèse par la grande analogie qu'il y avait entre elles, elle la vit mourir entre ses bras en 1582, et reçut son dernier soupir.

» Peu de temps après, notre vénérable vierge, appelée en France avec Anne de Jésus, par le cardinal de Bérulle, fut élue supérieure du couvent de Pontoise, et ensuite de celui de Paris. A la demande des archiducs Albert et Isabelle, elle fonda, en 1611, les carmélites d'Anvers, et mourut dans cette dernière ville, le 7 juin 1626, à l'âge de 76 ans. Sa vertu ne tarda pas à être couronnée, après sa mort, par plus de cent miracles qui furent approuvés par Jean Malderus, évêque d'Anvers. Le saint-siége en fit aussi vérifier plusieurs par l'évêque de Gand, et le procès-verbal en fut envoyé à Rome; des copies authentiques avec d'autres pièces s'en trouvent dans les archives de l'archevêché de Malines. Elle avait, par ordre de ses supérieurs, écrit elle-même sa vie, qui fut imprimée à Anvers en 1646, et réimprimée à Bruxelles en 1708, in-8°. »

2. Récit de la délivrance d'Anvers.

Pendant que le général Tilly combattait les hérétiques en Allemagne, Anne de Saint-Barthélemi préservait de leurs fureurs et de leur domination la ville d'Anvers. Voici comment Gaultier raconte les deux événements :

« L'an 1622, le prince d'Orange, Maurice de Nassau, comptant sur les intelligences qu'il avait avec les hérétiques de la ville, et se confiant dans le nombre de ses soldats et de ses machines de guerre, s'embarqua avec douze mille hommes, dont huit mille étaient des mousquetaires. En passant à Dordrecht, il prit vingt-quatre pièces de canon, avec quelques munitions et l'attirail de guerre. Trente-six longues barques avaient été construites exprès pour cette expédition ; il y mit cent huit chars et deux cent soixante et dix chevaux, avec plusieurs instruments de guerre qu'on n'avait pas vus jusqu'alors dans les armées hollandaises. Quatre mille matelots étaient résolus à courir tous les dangers. Maurice de Nassau était accompagné de plusieurs cavaliers, de l'hérétique Alberstat, du seigneur de la Trémoille et d'autres gentilshommes français. En sortant de Dordrecht, la flotte avait le vent en poupe. Le prince avait passé la revue de son armée et des machines de guerre qu'il conduisait au siége d'Anvers. A la vue de ces forces redoutables, et sûr de ne rencontrer qu'une faible résistance, il s'écria : « Je suis assuré de mon dessein ; sans » doute, je viendrai à bout de mon entreprise ; il » n'y a que Dieu seul qui m'en puisse empêcher. » Je ne crains pas tout le pouvoir des hommes. » Maurice avançait avec un fier courage ; mais

Dieu veillait sur Anvers. Anne de Saint-Barthélemi est éveillée pendant la nuit; elle ordonne à
ses religieuses de se mettre en prière. Elle fit
cette recommandation avec tant d'énergie, que
toutes pensèrent qu'elle avait eu avis d'une trahison. Elle leur répondit que non; qu'elle ne savait autre chose si ce n'est que Dieu l'excitait à
prier et à les faire mettre, elles aussi, en prière.
A deux heures du matin, elle commença à prier
plus ardemment; les mains levées au ciel, elle
demandait miséricorde; et cela avec un tel ef-
fort que le corps tombait de lassitude. Le matin,
avant que les religieuses allassent au chœur, la
carmélite Thérèse entra dans la cellule de la vénérable Anne. Dès que celle-ci aperçut la religieuse : «Ah! ma fille, que je suis lasse, s'écria-t-
» elle; il me semble que j'ai tout le corps moulu.
» Il y a quelque grande trahison, car il me semble
» que j'ai combattu toute cette nuit. L'on m'a for-
» cée de prier. Quand je voulais me reposer, n'en
» pouvant plus, et laisser tomber les bras que je
» tenais levés vers Dieu, on me disait : — « Prie
» encore! Prie encore! » — Si j'avais combattu
» toute une armée, je ne serais pas plus lasse; je
» suis toute trempée de sueur. » On la changea de
linge, et elle persévéra dans l'oraison jusqu'à ce
qu'une voix inconnue lui dit : — « C'est assez. »
— Deux heures après, on connut l'effet de sa

prière. On apprit alors qu'à mesure qu'Anne faisait des instances auprès de Dieu, les flots s'agitaient, les vents changeaient de direction. Quand le prince arriva au bourg appelé *Gresbos*, il s'éleva une horrible tempête ; il commença à geler avec une telle force qu'on ne put plus se servir des cordages ; la gelée les avait roidis ou rompus. Le prince, avec quelques seigneurs, se jeta dans une barque et se sauva à Willemstad.

» En 1624, le marquis de Spinola assiégeait Breda. Maurice de Nassau crut qu'en prenant Anvers, il forcerait les soldats du roi catholique à lever le siége. Il savait que la citadelle n'avait pas une forte garnison. Cinq mille fantassins et cinq cents chevaux furent choisis dans l'armée de Roozendaal. Il fit courir le bruit qu'on les envoyait en Frise ; mais il les fit embarquer à Berg-op-Zoom, où il avait ses munitions et tout son attirail de guerre. Ils partirent de cette ville le 12 octobre. Ils avaient sur leurs chars des croix de Bourgogne, et les soldats portaient des enseignes rouges ; ce qui fit croire que c'était une armée catholique. Ils s'arrêtèrent à Berchem, village près d'Anvers, où ils arrivèrent entre huit et neuf heures du soir. Quand l'obscurité et le silence de la nuit semblaient devoir faire commencer l'attaque, ils réunirent en escadron deux mille hommes qui se dirigèrent sur le châ-

teau, avec les petites barques, les échelles et
autres instruments de siége. Le reste des soldats
resta à l'écart, afin de porter secours au be-
soin. Au moment où ils commencèrent à mettre
la citadelle en péril, Anne de Saint-Barthélemi
entendit des cris douloureux dans le dortoir et
reconnut la voix de sainte Thérèse. Elle comprit
qu'il y avait trahison et que la ville était en danger. Soudain elle se lève, appelle les religieuses,
les mène au chœur, et se met en fervente prière
devant le saint Sacrement. Chose merveilleuse !
au même instant, un grand vent s'élève ; une fu-
rieuse bourrasque se fait entendre. A la porte *de
Secours*, où les Hollandais s'étaient rangés, André
de Zée, natif de Madrid, était de garde. Effrayé
de cette subite tempête, il sort de sa guérite, regarde le fossé, voit aller et venir les petites barques,
malgré l'obscurité. Il donne l'alarme ; les soldats
accourent sur les murs ; l'ennemi se voit décou-
vert et prend la fuite, laissant sur place barques,
échelles, instruments de guerre. Le château est
délivré. Le matin, quand on apprit tout ce qui
était arrivé au couvent et à la citadelle, on reconnut dans Anne de Saint-Barthélemi le boulevard
de la ville.

» La renommée de la vénérable mère se ré-
pandit non-seulement dans les Pays-Bas, mais
aussi en Allemagne. Ce pays, opprimé par les

hérétiques, eut recours à la pieuse vierge d'Anvers. On lui attribue une grande victoire du
comte de Tilly ; au jour et à l'heure où il l'em-
porta, Anne avait dit à ses religieuses que ce
grand capitaine avait obtenu la victoire. »

5. Fondements sur lesquels se base l'examen critique de l'auteur.

Croire un fait, c'est donner l'assentiment au
témoignage, à la parole d'autrui. Ce témoignage,
dans le fait qui nous occupe, est rendu par des
témoins proprement dits et par l'histoire. L'examen critique de ce fait consiste donc à voir si le
fait lui-même, les témoins et l'histoire ont les
conditions requises de légitimité.

1° Un fait, pour mériter croyance, doit être :
a) *possible* naturellement ou surnaturellement;
b) *sensible*, c'est-à-dire tomber sous les sens;
c) assez *important* pour avoir pu exciter l'attention et provoquer le contrôle des contemporains.

« Supposer, dit Rattier, que le récit d'un événement grave et entièrement imaginaire pour-
rait trouver crédit dans la croyance d'une nation
et s'y maintenir sans opposition, sans démenti,
sur la seule parole d'un imposteur, ce serait at-
taquer bien moins la certitude du témoignage
que la certitude de la raison elle-même. Car il

faudrait supposer, pour cela, une distraction bien extraordinaire, ou plutôt une suspension complète et absolue de la raison de tout un peuple. »

2° Il faut, de la part des témoins : — a) Qu'ils soient nombreux et que leur déposition soit unanime, au moins quant à l'essence même du fait. — b) Que leur probité soit reconnue et garantie par l'absence de tout ce qui peut porter à la mauvaise foi. — Le témoignage est absolument irrécusable, s'il est prouvé que les témoins eussent été dans l'impossibilité de tromper, lors même qu'ils en auraient eu la volonté.

Les assertions des témoins acquièrent une grande autorité s'ils ont déposé en présence de personnes qui auraient eu de l'intérêt à les contredire, à démasquer l'erreur ou le mensonge, l'ignorance ou l'imposture. Il importe aussi d'examiner si le récit des témoins est conforme ou contraire à des préjugés qu'ils peuvent nourrir; si de leur témoignage il devait résulter pour eux de la gloire ou de l'infamie, du gain ou des pertes, des faveurs ou des vexations. Ainsi le témoignage des protestants en faveur d'un miracle, qui est un fait glorieux pour la religion catholique, est toujours d'un grand poids.

3° Si un fait possible, sensible, important, public, est rapporté d'une manière uniforme, du moins quant à la substance, par plusieurs historiens, ou même par un seul, mais dont le témoignage équivaut à plusieurs, et si le fait, ainsi attesté, repose en définitive sur la déposition des témoins immédiats, il doit être admis par tout homme sérieux et raisonnable, et l'histoire sera vraie (1).

Toutes choses égales d'ailleurs, a) le témoignage d'un auteur contemporain, qui écrit les événements de son temps, a plus de valeur que le témoignage d'un auteur non contemporain. — b) L'autorité des auteurs non contemporains augmente à mesure qu'ils ont vécu à des époques plus rapprochées de l'événement qu'ils décrivent.

Et qu'on ne dise point qu'il est facile à un historien de tromper et de raconter des faits qui ne sont pas réels. « Un historien, dit Frayssinous, pourra bien composer une histoire fausse; mais où la placera-t-il? Quels seront les personnages, le lieu de la scène, la durée et les circonstances des événements? Comment accorder ce roman avec la suite des autres faits bien connus? Tout se lie et s'enchaîne dans le corps social, et

(1) Ces règles sont développées et complétées dans un opuscule déjà imprimé pour notre *Collection de Précis historiques*, et qui fera l'objet d'une des premières livraisons de l'année 1853, sous le titre de : *Principes pour l'examen des faits de l'histoire ecclésiastique*, par Éd. T.

si, dans la succession des faits, vous voulez en insérer un qui soit faux, l'y faire entrer de vive force, dès lors plus d'harmonie; ce seront des contradictions, des incohérences qui feront ressortir l'imposture. Qu'un écrivain, par exemple, voulût faire du duc de Bourgogne le successeur de Louis XIV, et nous donner une histoire de ce règne prétendu : comment s'y prendrait-il? Quelle violence ne ferait-il pas à toutes les dates, à tous les monuments, à toutes les traditions, à tous les historiens! Il faudrait tout défigurer, tout mutiler, tout mettre en pièces; ce serait un vrai chaos. Or, les hommes sont toujours les mêmes; il ne fut pas plus possible autrefois d'inventer une fable sur le successeur immédiat d'Auguste, qu'il le serait de nos jours d'en fabriquer une sur le successeur de Louis XIV. »

En suivant ces règles, on évite deux défauts extrêmes : la crédulité, ou la facilité à croire des faits peu vraisemblables; l'incrédulité, ou la facilité à rejeter des faits authentiques. L'un produit le fanatisme, et l'autre le pyrrhonisme dans l'histoire.

On peut examiner au point de vue de ces règles de pur rationalisme, la dissertation du père Vandermoere. L'événement dont il est question acquiert une plus grande autorité par l'examen juridique de l'évêque d'Anvers.   Éd. T.

DISSERTATION

SUR LA DÉLIVRANCE D'ANVERS,

EN 1622 ET EN 1624.

—

La ville d'Anvers a dû autrefois son salut aux prières de la vénérable Anne de Saint-Barthélémi. Nous en donnerons plus loin des preuves évidentes.

Cette pieuse carmélite reçut de sainte Thérèse une révélation, à la suite de laquelle elle se mit en prières pour conjurer un péril imminent qui menaçait la ville. L'honneur de la délivrance peut donc être légitimement attribué à l'intervention de sainte Thérèse non moins qu'aux prières de la vénérable Anne.

Un simple exposé ne suffirait pas, vu la gravité des faits miraculeux que nous devons signaler ; une sanction donnée par les témoignages les plus incontestables est ici nécessaire.

On n'a pu faire allusion à ces faits dans le procès de la canonisation de sainte Thérèse, car ils sont postérieurs à ce procès ; mais Philippe de Sébastiani, promoteur de la foi, en a parlé avec détails dans l'instruction de la cause de la vénérable Anne d'Anvers. Le jugement de Philippe est parfaitement d'accord avec les documents, soit autographes, soit authentiques, que nous nous sommes procurés au couvent des carmélites d'Anvers. Ces pièces, que nous avons sous les yeux au moment où nous écrivons, méritent une confiance absolue; elles serviront de base à notre raisonnement. Nous donnerons des extraits textuels de ces Actes de la vénérable Anne, ou des sommaires du procès; les extraits seront indiqués par des guillemets. Voici comment s'expriment les Actes.

I.

« Nous ne pouvons passer sous silence deux miracles offrant tous les caractères d'une authenticité incontestable; nous voulons parler de la délivrance ou préservation de la ville d'Anvers en 1622, et de la délivrance ou préservation de la citadelle de cette ville en 1624. La servante du Seigneur, par ordre de son confesseur, le père Jean de la Mère de Dieu, a donné une relation en langue espagnole de cette double, ou, pour parler plus exactement, de cette triple délivrance. » Après ces mots suivent les paroles textuelles par lesquelles le confesseur de la vénérable Anne déclara que la relation qu'il montrait aux commissaires avait été écrite, sur ses instances, par la sainte carmélite. Cette relation autographe se trouve déposée au couvent des carmélites d'Anvers. Il est facile d'y reconnaître, malgré la difformité des caractères, la main de la vénérable Anne, dont nous avons pu consulter de nombreux manuscrits extraits des archives des carmélites de Bruxelles et d'Anvers. Qu'on ne s'étonne pas de cette écriture presque illisible ; mais qu'on veuille bien remarquer, d'abord que la vénérable Anne avait une écriture assez irrégulière ; ensuite que cette relation est de la main d'une femme accablée de vieillesse et frappée d'apoplexie, accident qui lui survint deux ans avant sa mort, arrivée le 7 juin 1626. La vénérable Anne fait mention du décès de Maurice de Nassau, mort le 23 avril 1625. Cette relation ne peut donc pas remonter au delà des quatorze derniers mois de la vie d'Anne ; elle est conséquemment l'œuvre d'une femme déjà plus ou moins paralysée.

« Quelques circonstances remarquables de cette guerre méritent d'être rapportées. Le jour où Maurice, ayant résolu de surprendre la ville d'Anvers, mit en mouvement ses nombreuses troupes, il ordonna à la majeure partie de son armée de s'embarquer de nuit. Voyant que la nuit était sereine et tranquille, il s'écria : — « En » avant ! — Dieu ou le diable peut seul empêcher

» notre succès. » Il assura à ses soldats qu'Anvers était à eux et qu'ils pouvaient compter de revenir chargés de butin. En approchant de la place, l'armée fut tout à coup assaillie par une horrible tempête, accompagnée d'un vent glacial; les eaux du fleuve se gelèrent, et bientôt un grand nombre de soldats furent engloutis avec leurs embarcations. Maurice s'échappa tout seul à la nage, non sans courir de grands dangers. Son corps en reçut de si graves blessures qu'il ne s'en releva jamais et qu'il ne tarda pas de mourir. »

Laissons parler la vénérable carmélite :

« La nuit même de cette entreprise, de laquelle je ne savais rien, je me sentis depuis minuit agitée d'une terreur profonde; je me précipitai hors de mon lit, et levant les mains au ciel, je me mis à prier. La fatigue me força de laisser tomber les bras; il me sembla alors que quelqu'un les relevait et me disait : — « L'heure n'est pas » venue, relevez les mains. » — J'obéis à cette voix inconnue et je persévérai jusque vers l'aurore; j'appris ensuite que ma prière était exaucée. Voilà la pure vérité.

» Une autre fois, je fus éveillée par des cris partis du dortoir, cris qui continuèrent après mon réveil. J'appelai, et deux sœurs s'étant présentées, je leur dis : — « Parcourez les cellules et » voyez quelle sœur est malade, car j'entends des

» cris.—» Elles vinrent me répondre : — « Tout
» le monde dort et nulle ne se plaint. » — J'a-
joutai : — «Habillez-vous et rendons-nous devant
» le très-saint Sacrement; quelque trahison nous
» menace. Il me semble que c'est notre sainte
» mère qui nous excite.— »Nous nous rendîmes à
la chapelle; je dis à Dieu Notre-Seigneur : «—Je
» vous amène vos servantes qui vous demanderont
» d'exaucer mes vœux; car, pour moi, je ne puis
» rien faire.—» J'avouai ainsi l'émotion profonde
que j'éprouvais devant le Seigneur. Après que
nous y fûmes demeurées quelque temps, je compris, sans rien voir ou entendre, que nous pou-
vions nous retirer. J'oublie de dire que simulta-
nément avec les cris, j'entendais appeler aux
armes dans la direction du château. Je regardai
par une fenêtre qui donnait de ce côté, pour voir
si j'apercevrais quelque lumière : je ne vis rien;
l'obscurité la plus complète régnait partout. J'é-
tais toutefois convaincue que quelque malheur
nous menaçait.

» Peu de jours après, je m'éveillai vers deux
heures du matin, pressée par un sentiment in-
térieur que je devais prier. Plus tard, le som-
meil me força de regagner ma couche : une grande
inquiétude m'empêchait de reposer; je sentis
que le Seigneur voulait que je priasse. Je me mis
à la prière avec impétuosité les mains élevées

vers le ciel, mais comme puossée à demander miséricorde. Je priai depuis deux heures jusqu'à
quatre heures, c'est-à-dire durant deux heures
entières. J'eus une extase; et, indépendamment
de ma volonté, sans pouvoir résister, je restai
ainsi constamment les mains élevées vers le ciel.
Tout le jour, je restai comme morte; j'avais les
membres cassés, comme si j'eusse été fustigée.
Je ne compris d'abord rien à ces phénomènes;
mais ensuite on me rapporta que les hérétiques
s'étaient concertés pour surprendre la ville par
trahison, et que leur plan avait avorté. »

Conformément au récit de la religieuse, plusieurs historiens rapportent que trois fois des
projets furent formés et des trames ourdies
contre la ville d'Anvers. L'auteur anonyme
du livre intitulé . *Commencements, progrès et
conclusion heureuse des guerres civiles de la Belgique* (p. 245, 276), dit, en parlant de la troisième expédition, que les Hollandais, s'étant
égarés pendant une grande partie de la nuit, arrivèrent enfin tout trempés par la pluie sous les
murs de la citadelle; encore, ce ne fut qu'avec
la plus grande difficulté. Une lumière descendue
du ciel les remplit de trouble et d'effroi, et ils
n'osèrent commencer l'attaque. Comme cette
expédition eut lieu sans perte d'hommes ni de
vaisseaux, elle pouvait rester facilement cachée

et les historiens pouvaient aisément la passer
sous silence, comme peu digne d'être transmise
à la postérité.

Les Actes affirment que le premier et le troisième cas, contenus dans la relation de la vénérable Anne, se trouvent confirmés par des témoins oculaires. Les Actes renferment leurs
dépositions reçues sous la foi du serment. En
voici le sommaire.

Par rapport à la préservation d'Anvers en
1622, le dixième témoin, ancien confesseur de
la vénérable Anne, atteste que la relation écrite
est entièrement conforme au récit qu'il a entendu de la bouche même de la sainte carmélite. Le seizième témoin est une religieuse du
couvent. Elle dépose qu'elle est entrée à cinq
heures du matin dans la cellule de la vénérable
mère, qui lui a dit : — « Ma fille, cette nuit nous
avons couru un grand danger. Toute la nuit, j'ai
dû livrer une espèce de combat à l'ennemi. Nous
ne tarderons pas à savoir ce qui s'est passé. — »
Le témoin s'aperçut que la sainte femme était
singulièrement affaiblie; la sœur l'obligea à
changer de linge et de tunique. Peu après cette
communication, ajoute la sœur, on apprit que
Maurice de Nassau avait lancé une flotte à la mer
pour surprendre la ville d'Anvers, mais que le
Seigneur avait mis obstacle à son projet par l'in-

tercession de la vénérable Anne. Le dix-neuvième témoin, également religieuse du couvent, déclare avoir entendu la vénérable Anne raconter la même chose vers cinq heures; elle croit qu'il y a là miracle et fait surnaturel; le salut de la ville d'Anvers doit, selon elle, être attribué à la vertu des prières de la vénérable mère. Un autre témoin, alors prieur des carmes déchaussés d'Anvers, ancien confesseur de la vénérable Anne, dit que le lendemain matin, Anne lui déclara qu'elle avait passé la nuit en prière. — « J'ai éprouvé, lui assura-t-elle, de grandes luttes, et j'ai conjuré le Seigneur de détourner de la ville le péril qui la menaçait. — » Le témoin pense que cette révélation est miraculeuse et que la délivrance de la ville a été obtenue par la prière de la vénérable Anne.

Enfin, Sa Majesté la reine de France déclare elle-même, dans des termes exprès, que le public croyait généralement à un miracle. Voici l'extrait des Actes (p. 173) : Elle dit « que c'est l'opinion publique et qu'on regarde comme indubitable à Anvers et ailleurs, même chez les personnes de la plus haute distinction, que la ville d'Anvers fut délivrée de ses ennemis par l'intercession de la vénérable Anne de Saint-Barthélemi. C'est pourquoi Sa Majesté a fait sculpter cette histoire sur une cassette d'argent. »

Nous avons des témoignages non moins res-
pectables concernant le fait extraordinaire arrivé en 1624, quand la citadelle d'Anvers fut
délivrée ou préservée de l'attaque des hérétiques. «Le premier témoin, ancien confesseur de
la vénérable Anne, déclare que, l'an 1624, tandis que le marquis de Spinola, au nom du roi d'Espagne, assiégeait Breda, Maurice, prince d'O-
range, général de l'armée hollandaise, envoya
quelques milliers de soldats chargés de surprendre la citadelle d'Anvers. A la faveur d'une
nuit obscure et orageuse, les troupes montées
sur des vaisseaux s'approchèrent des murs jusqu'à la porte dite *de Secours*. Les soldats avaient
conduit avec eux des machines de toute sorte,
pour détruire les ponts et les fortifications et se
faciliter l'entrée de la citadelle.

» Anne fut éveillée vers le milieu de la nuit;
elle crut entendre un gémissement, qui coup sur
coup semblait venir d'une muraille. Elle ap-
pela alors la mère sous-prieure, et lui dit d'ou-
vrir les cellules des sœurs et de voir qui était malade et gémissait ainsi. La sous-prieure obéit, et
vint rapporter à la vénérable mère que toutes les
religieuses dormaient profondément. La vénérable Anne ajouta qu'elle pressentait que la ville
d'Anvers courait un grand danger; qu'il fallait
éveiller les sœurs et leur dire de se rendre au

chœur pour prier le Seigneur de détourner de
dessus la cité la calamité qui la menaçait; on
obéit, et bientôt le bruit du canon se fit entendre.
On apprit que l'ennemi, après avoir tenté l'attaque dont nous venons de parler, s'était retiré,
en abandonnant sur la place le matériel du
siége. Le père qui déposa, était alors prieur du
couvent à Bruxelles; la vénérable mère Anne
lui écrivit les faits que nous venons de rapporter. Le père montra les lettres à la sérénissime
infante Isabelle qui les retint et les envoya,
comme il pense, en Espagne, à Sa Majesté Catholique. Son Altesse ordonna au père de se rendre
à Anvers pour recueillir toutes les particularités
du prodige et les lui rapporter. Le même père
déposa ensuite que la vénérable Anne attribuait
à sainte Thérèse les soupirs par lesquels elle l'aurait invitée à se mettre en prière. Il croit que
cette révélation est évidemment miraculeuse :
d'après son témoignage, le salut de la citadelle
est dû à l'intercession et aux prières dont nous
avons parlé plus haut. Il ajoute que la double
délivrance de la ville d'Anvers était universelle-
ment publique et notoire en Belgique et dans les
contrées voisines. »

Le dixième témoin, confesseur de la vénérable mère Anne au temps du miracle, dépose
que, le lendemain matin, quand le fait avait
à peine transpiré en ville, il alla trouver la vé-

nérable Anne. Elle lui en fit un récit détaillé, conforme au précédent. Le onzième témoin, religieuse du couvent, fait la même déposition. Elle s'est rendue au chœur pendant la nuit pour prier avec les autres sœurs, et a entendu la vénérable mère parler du danger que courait Anvers. Le seizième témoin, également religieuse du couvent, dépose dans le même sens ; elle n'a pas assisté aux prières de nuit avec la mère Anne, car son état maladif l'avait empêchée de se rendre au chœur ; seulement, plus tard, la vénérable Anne lui a raconté tout ce qui s'était passé, avec la circonstance particulière de l'intervention de sainte Thérèse. Le témoin, ayant demandé à quelques soldats de la citadelle l'heure de la découverte du projet d'attaque, vit que c'était au moment précis où la vénérable mère avait annoncé que le péril était passé.

Citons encore les paroles d'une sœur du couvent d'Anvers, où il y avait des religieuses appartenant aux premières familles de Belgique. Elle termine ainsi sa déposition : — « Inigo de Borgia, gouverneur de la citadelle, m'a assuré lui-même qu'en faisant à l'infante Isabelle son rapport sur les deux tentatives des Hollandais, il avait manifesté des craintes sur les dangers que courait la place, faute de moyens de défense ; Son Altesse lui répondit : « Je n'au-

» rai aucune crainte pour la ville ni pour la
» citadelle d'Anvers, tant que cette cité possé-
» dera la mère Anne de Saint-Barthélemi, qui
» m'inspire plus de confiance qu'une armée nom-
» breuse. »

II.

Nous allons puiser maintenant à des sources étrangères aux Actes auxquels nous avons emprunté jusqu'ici nos principaux arguments. Parlons d'abord de l'approbation authentique, donnée après information juridique, par Jean Malderus, évêque d'Anvers, de la double merveille de la délivrance de la ville d'Anvers en 1622, et de la citadelle en 1624.

Deux pièces originales constatent ces deux faits importants. Elles sont écrites sur parchemin et portent encore dans une boîte, attachée au parchemin, le sceau épiscopal en cire rouge. Nous les traduisons à la lettre. Voici la première :

« Jean, par la grâce de Dieu et du siége apo-
» stolique, évêque d'Anvers, à tous ceux qui ces
» présentes verront, salut en Notre-Seigneur.
» Vu les dépositions faites par-devant nos com-
» missaires les R. P. Godefroy Diepenbeke, archi-
» prêtre, Zegerus Van Hontsum, pénitencier,
» David Van Heemissen et Gaspar Estrix, pléban,

» licenciés en théologie et chanoines de notre
» église cathédrale d'Anvers ; par la mère
» prieure et par les autres religieuses du cou-
» vent des carmélites déchaussées de ladite
» ville d'Anvers, place *den Rogier ;* par le R. P.
» provincial du même ordre ; par Jean Greyns,
» matelot, et par Adrien Beerendoncq, notaire ;
» après mûr et sérieux examen, nos théologiens
» et autres hommes pieux consultés, nous fai-
» sons savoir que nous avons déclaré, comme
» nous déclarons par ces présentes, qu'il est
» suffisamment constaté pour nous que, pen-
» dant le mois de décembre mil six cent vingt-
» deux, Maurice, prince d'Orange, ayant tenté de
» s'emparer de la ville d'Anvers par ruse et
» par force, Dieu le voulant, sa flotte a été dis-
» persée près de Willemstad par une tempête
» accompagnée d'un froid glacial, à laquelle il a
» eu personnellement beaucoup de peine à
» échapper ; que la vénérable Anne de Saint-
» Barthélemi a été divinement excitée à prier
» vers minuit ; en quoi il faut remarquer qu'il y
» eut une certaine révélation miraculeuse, et
» aussi qu'elle persévéra dans l'oraison long-
» temps au delà de ses forces, excitée par Dieu ;
» et qu'ainsi elle paraît avoir obtenu, par ses mé-
» rites et sa persévérance dans l'oraison, cette
» dispersion miraculeuse et prédite de la flotte
» ennemie, de laquelle il conste auprès de tout le

» monde. Ce qui peut être considéré comme une
» preuve de sa sainteté. En foi de quoi, nous
» avons signé ces présentes de notre propre main
» et nous y avons fait apposer notre sceau.
  » Donné à Anvers, le quatrième jour d'oc-
» tobre de l'an mil six cent vingt-neuf.
        » JEAN, évêque d'Anvers. »
Voici la seconde charte :
  « Jean, par la grâce de Dieu et du siége apo-
» stolique, à tous ceux qui ces présentes verront,
» salut en Notre-Seigneur. Vu les dépositions
» faites par-devant nos commissaires les R. P.
» Gaspar Estrix, pléban, et David Van Heemis-
» sen, licenciés en théologie et chanoines de
» notre église cathédrale d'Anvers; par la mère
» prieure et les autres religieuses du couvent
» des carmélites déchaussées de ladite ville
» d'Anvers, place *den Rogier;* par le R. P. pro-
» vincial de l'ordre; par André de Sea et
» Alphonse Martines, soldats; par don Jérôme de
» Guerra, capitaine et lieutenant de la nouvelle
» citadelle de cette ville, et par Adrien Becren-
» doncq, notaire; après mûr et sérieux examen,
» nos théologiens et autres personnes craignant
» Dieu consultés, nous avons déclaré et décla-
» rons par ces présentes, qu'il nous conste suf-
» fisamment que, pendant la nuit qui suivit le 12
» octobre mil six cent vingt-quatre, la citadelle

» d'Anvers courut un grand danger, et que ce
» péril a été divinement révélé, au moment où
» il menaçait le plus, à la vénérable mère Anne
» de Saint-Barthélemi, de pieuse mémoire,
» prieure du couvent des carmélites déchaus-
» sées. Par une impulsion divine, elle a con-
» voqué les religieuses de son couvent au milieu
» de la nuit pour prier; et elle sentit d'une ma-
» nière surnaturelle quand le péril était passé.
» Ainsi ont été mises en évidence l'humilité et
» la singulière sainteté de la vénérable mère. En
» foi de quoi, nous avons signé les présentes de
» notre main et nous y avons fait apposer notre
» sceau.

» Donné à Anvers, le troisième jour du mois
» d'octobre de l'an mil six cent vingt-neuf.

» JEAN, évêque d'Anvers. »

III.

Cette information juridique ordonnée par l'é-
vêque d'Anvers, ces déclarations solennelles
faites sous la foi du serment par des témoins si
nombreux et si graves, se trouvent confirmées
par les écrivains qui ont traité de l'histoire con-
temporaine de la Belgique et de la Hollande. Ils
ont parfaitement établi l'intervention manifeste
de la Divinité, qui fit échouer coup sur coup les

entreprises de Maurice et frappa d'insuccès ses projets les mieux concertés. La plupart d'entre eux ont dû cependant ignorer ce qui était arrivé à Anne de Saint-Barthélemi, prieure des carmélites d'Anvers, ainsi que les Actes et les inquisitions de l'évêque de cette ville. Nous allons citer quelques-uns de ces historiens; nous en omettrons beaucoup d'autres qu'il sera loisible au lecteur de consulter. On remarquera que ces derniers en parlent à peu près de la même manière et aussi expressément que ceux que nous citons. Nous invoquerons d'abord le témoignage de ceux qui sont nés ou qui ont vécu à Anvers; viendront ensuite les auteurs étrangers à la ville, et en particulier les Hollandais, qui, n'ayant pu soupçonner le prodige, ajoutent une force considérable aux preuves directes du miracle.

1° Nos prédécesseurs, les Bollandistes, qui demeuraient à Anvers et avaient fait les recherches les plus consciencieuses, en parlent ainsi au 7 juin : « La vénérable mère Anne de Saint-Barthélemi, fondatrice des Thérésiennes d'Anvers, qui, par ses prières, sauva à plusieurs reprises la ville, tandis que des ennemis la menaçaient » (pag. 5). Ils avaient dit à peu près la même chose au tome II du mois de mars, pag. 593.

Jean Diercxsens, dans son ouvrage intitulé : *Antverpia Christo nascens et crescens, secundis curis,* Antverpiæ, 1773 (*Anvers naissant et grandissant dans le Christianisme*), 2° édition, Anvers, 1773, tome VII, pag. 148, à l'année 1622, dit que l'on portait en procession les portraits de la vénérable Anne, dédiés à l'infante Isabelle-Claire-Eugénie. Ces peintures étaient donc antérieures à 1653, année de la mort de l'archiduchesse. On y voyait cette légende : « Célèbre par de nombreux miracles pendant sa vie et après sa mort. Entre autres, la ville et la citadelle d'Anvers furent délivrées de leurs ennemis, l'une en 1622, et l'autre en 1624. »

Aubert Le Mire, dans sa chronique belge, à l'année 1624, cite au nombre des merveilles de la protection divine, Anvers échappant par trois fois aux embûches et aux artifices de ses ennemis. Voici comment il en parle : «Pendant le siége de Breda, Maurice, prince d'Orange, ayant appris par ses affidés qu'on n'avait laissé qu'une faible garnison dans la citadelle d'Anvers, résolut de s'en emparer par surprise pendant une nuit du mois d'octobre. Protégés par les ténèbres, les ennemis avaient introduit leurs barques dans les fossés de la citadelle et apporté leurs échelles près ces remparts. Ils se mettaient en mesure de disposer les marteaux, les leviers et autres instruments pour pratiquer des ouvertures et enfoncer les portes. Soudain, une lumière venue du ciel découvre les Hollandais; une violente tempête les empêche d'appliquer leurs échelles et d'affermir leurs machines. Nous avons senti nous mêmes, l'an 1607 et l'an 1622, les merveilles de la protection dont Dieu entoure la ville. En 1622, le lendemain des calendes de décembre..... Maurice de Nassau, faisant voile pour Anvers à la tête d'une flotte nombreuse et puissante, fut tout à coup assailli par une grande tempête et faillit périr près de Berg-op-Zoom. »

La double délivrance est racontée, par Valckenisse, en plusieurs endroits de ses mémoires manuscrits, conservés à la Bibliothèque royale de Bruxelles (num. 5958, 5963, 6195 et 17243).

Adrien Van Meerbeck, auteur de l'ouvrage flamand intitulé : *Mercurius belgicus* (Brux., 1625, part. i, page 109), reconnaît les mêmes faits. Il parle avec beaucoup de détails de la durée et des frais immenses des préparatifs faits pour armer la flotte, de l'entière certitude que Maurice avait du succès, des soldats et des matelots luttant avec désespoir contre l'hiver et la tempête, et des moyens par lesquels Dieu réduisit à néant les combinaisons des hommes.

Après ces écrivains d'Anvers, il serait superflu de citer les témoignages d'autres auteurs belges.

2° Beaucoup d'écrivains étrangers, anglais,

français et autres, viennent à l'appui des historiens de notre pays. Voyez l'*Histoire universelle*
traduite de l'anglais en français; Paris, 1788,
tom. 101, page 47 et 69. — Gabriel Chappuys,
Histoire générale des guerres des Pays-Bas,
Paris, 1633, liv. xviii, pag. 504, et liv. xix,
pag. 590. — Joseph de la Pise, *Tableau histo-
rique des princes et de la principauté d'Orange.*
La Haye, 1658, pag. 789, année 1624. — Jean Le-
clerc, *Histoire des Provinces-Unies,* traduite en
flamand sous le titre : *Geschiedenissen der veree-
nigde Nederlanden,* Amsterdam, 1750, tom. 2,
pag. 255.

N'oublions pas surtout de faire remarquer que
les historiens hollandais eux-mêmes, en parlant
de ces événements, confirment, sans le savoir,
de la manière la plus éclatante, l'information
juridique de l'évêque d'Anvers. Ils ne se conten-
tent pas de déplorer les échecs multipliés et inat-
tendus des attaques dont cette ville fut l'objet et
les effets funestes d'une cause qu'ils ignoraient ;
mais ils affirment positivement que les moyens
employés étaient si énergiques, les opérations
conduites avec tant de prudence et d'habileté,
que Dieu seul peut être considéré comme la
cause de l'insuccès des entreprises réitérées de
Maurice sur Anvers. Toutes les mesures imagi-
nables avaient été prises, et la réussite ne semblait pas un instant douteuse. Chose vraiment

extraordinaire, après avoir dit que Mauricene craignait que Dieu dans le succès de son entreprise, plusieurs de ces écrivains protestants avouent spontanément et en termes formels que Dieu s'y opposa en effet. Nous mettrons sous les yeux des lecteurs les textes mêmes de quelques historiens hollandais du parti de Maurice.

Léon van Aitzema, dans son vaste ouvrage des *Événements politiques et militaires*, après avoir parlé de la gelée qui se déclara subitement en 1622, et des tempêtes imprévues qui causèrent la perte de nombreux navires, fait observer que « le Dieu tout-puissant avait assez montré qu'il n'avait pas voulu favoriser l'entreprise de Maurice (1). » — Jean van den Sande, *Histoire synoptique des affaires du pays*, en hollandais, attribue l'insuccès à la même cause : « Le prince, dit-il, ayant résolu de s'emparer de la citadelle d'Anvers, comptait tellement sur le succès, qu'il disait à ceux qui l'entouraient, en s'embarquant à Dordrecht : — « Que Dieu seul pou» vait faire échouer l'entreprise. » — C'est cependant ce qui arriva (2). » — Vient ensuite Alexandre

______

(1) Dat God almachtig wel toonde desen aenslach niet te willen seghenen. (*Saken van staet en oorlogh*, 1669, t. ı, p. 152.)

(2) Desen aenslag gaet so vast dat niemandt de selve verhinderen kan als God alleen. T' welck oock gebeurde. (Amsterdam 1650, livre vıı, à l'année 1622.)

van der Capellen. Après avoir rappelé l'issue malheureuse de l'expédition de 1622 et les déceptions éprouvées par Maurice, il ajoute « que Dieu, qui seul s'opposa au succès, sera un jour plus favorable à une nouvelle entreprise (1). » Il apprécie de la même manière l'expédition de 1624. Après avoir dit que deux heures s'étaient heureusement écoulées à jeter des ponts et à faire approcher avec précaution les instruments de guerre, il continue ainsi : « Les soldats et les matelots étaient près de monter à l'assaut, lorsqu'une sentinelle les aperçut avant même de les entendre. Il était une heure du matin; tout à coup le ciel devint resplendissant de lumière et d'étoiles : sans cela les assaillants n'étaient pas vus et la citadelle était prise. La garnison ne comptait pas plus de cent hommes capables de porter des armes, et il n'eût été ni facile ni sûr de tirer de la ville en temps convenable les secours nécessaires. La Providence était évidemment contraire à ces entreprises. »

En finissant, nous citerons plus particulièrement l'auteur d'une histoire étendue de Maurice,

(1) Hoopende dat Godt de Heere, die nu alleene dit werck belet heeft (gelycke de Prints, van Dordrecht gaende, gescit heeft, dat geen menschen ter werelt zyn dessein konden breken of beletten, maer Godt de Heere alleene), op een ander tyt beter segen geven sal. (*In Commentariis*, Utrecht, 1777. t. i. p. 126 et 516.)

publiée à Rotterdam en 1843, par M. C. M. Van der Kemp, écrivain hollandais. Il raconte avec une fidélité et une exactitude scrupuleuses les événements de la double expédition (1). Voici comment il parle de celle de 1622 : « Maurice, profitant de l'éloignement et de la dispersion des troupes espagnoles, concentra, le 30 novembre, sa cavalerie dans les plaines d'Anvers. En même temps, il réunit sous Willemstad quatre-vingt-huit compagnies de fantassins de l'artillerie et d'autres machines de guerre, avec quatre cents vaisseaux de divers tonnages.

» Le même jour, il quitte La Haye et arrive au camp le lendemain de son départ, avec le prince Henri, le comte Ernest Casimir, ainsi que la plupart des généraux. Le jour de leur arrivée et les deux jours suivants, un froid rigoureux se fait sentir subitement, et la cavalerie, arrêtée dans sa marche, est forcée de rétrograder. Aussitôt il dégèle.

» On veut de nouveau aller en avant; mais il se déchaîne une telle tempête que Maurice et ses flottes ont toutes les peines du monde à trouver un abri et se voient exposés aux plus grands dangers. La rigueur du froid et la violence du vent mettent les matelots dans l'im-

______

(1) Tom. iv, p. 153, année 1622, et p. 162, année 1624, avec les notes, p. 572 et 592.

possibilité de diriger leurs navires ballottés en tous sens et dont plusieurs sont jetés à la côte. On reconnaît généralement qu'il faut s'arrêter. Les troupes sont renvoyées dans leurs quartiers d'hiver. Maurice abandonne son projet, et le 9 décembre il est de retour à La Haye..... Il avait cependant compté sur le succès avec beaucoup d'assurance, car il avait dit, en s'embarquant à Dordrecht, à plusieurs personnes qui l'accompagnaient jusqu'au navire : — « Prions » Dieu de nous être favorable ; lui seul peut nous » empêcher de réussir. S'il ne nous est pas con- » traire, je ne suis pas moins sûr d'avoir ce suc- » cès que je le suis d'avoir cette main que je » tends pour presser la vôtre (1). » — Il est donc évident, conclut Van der Kemp, que la volonté de Dieu était opposée à cette entreprise (2). »

Cet écrivain cite le rapport sur cette campagne malheureuse, adressé et envoyé, le 5 décembre, à l'assemblée des états généraux, par Maurice. L'étendue de ce document ne nous permet pas de le rapporter ici. On y voit que les troupes de-

(1) Myne Heeren, bidt God voor onze onderneming : want God allen kan my de zelve doen mislukken : anders heb ik den aanslach zoo zeker in myne macht, als de hand die ik u toereik.

(2) Het was dan ook duidelyk Gods werk het welk dien aenslag deed mislukken.

vaient être réunies à Dordrecht le 30 novembre,
que la flotte avait mis à voile le 1er décembre
avant midi, pour remonter l'Escaut le lendemain; qu'à peine avait-on gagné le large, il s'é-
leva dans la soirée une horrible tempête, qui
gronda toute la nuit; le froid devint tel que l'eau
lancée par les rafales sur les embarcations ne
tardait pas à s'y geler, et que les cordages roidis
devenaient impossibles à manier. Le lendemain,
le courant était couvert de glaces; les vaisseaux
cherchèrent un abri dans toutes les directions :
quelques-uns revinrent à Willemstad, cinquante
à soixante trouvèrent un refuge ailleurs; la majeure partie restèrent pris dans les glaces à la
côte; dix ou douze se brisèrent contre les ro-
chers.

M. Van der Kemp rapporte aussi l'expédition
de 1624 : « Maurice, dit-il, avait mis en campagne, aussi secrètement que possible, environ
mille fantassins et deux cents cavaliers. Toutes
les précautions avaient été si bien prises qu'il
déclara encore une fois, comme il l'avait fait en
1622, que Dieu seul pouvait faire échouer son
entreprise. Dieu en effet s'y opposa encore cette
fois. On était déjà arrivé jusqu'aux fossés de la
citadelle, et les soldats se disposaient à monter à
l'assaut, lorsque les ténèbres, jusque-là très-
profondes, se dissipèrent subitement, et la nuit

devint si claire qu'une sentinelle ne tarda pas à voir les mouvements et à entendre le bruit que faisaient les assaillants. On n'alla pas plus loin, et l'on se retira, mais sans avoir perdu un seul homme. »

L'auteur donne ici (note 457) quelques citations extraites du registre des états généraux à la date du 19 octobre 1624. Les membres de cette assemblée ordonnent que l'ambassadeur du roi de France près de la république hollandaise soit informé du malheureux résultat de l'expédition dans les termes suivants : « L'attention de la sentinelle fut éveillée, non par le bruit que pouvaient faire les chevaux ou par toute autre rumeur, mais par la clarté qui brilla tout à coup dans le ciel et par la splendeur subite des étoiles. A la faveur de cette lumière, la sentinelle aperçut les assiégeants et lâcha un coup de carabine : les troupes durent se retirer. » M. Van der Kemp conclut sa narration par ces graves réflexions extraites de Bosscha : « Il est assurément digne de remarque que le héros qui, par sa sagesse et son courage, a mené à bonne fin tant d'entreprises difficiles et qu'on aurait même cru impossibles, après avoir fait, dès ses premières armes, tant d'essais sur Anvers n'ait jamais pu réussir. Il était arrêté dans les décrets de la Providence que cette cité ne ferait jamais partie des villes confédérées de notre république. »

IV.

La conséquence à tirer de cette dissertation, c'est que le jugement porté par l'évêque d'Anvers, sur la foi des témoignages les plus graves, se trouve confirmé par les historiens et surtout par les écrivains hollandais et protestants. Ces derniers se montrent aussi explicites qu'on peut le désirer. Nous pouvons donc appliquer à la vénérable Anne de Saint-Barthélemi ce que le livre de Judith dit de Moïse combattant les Amalécites : « Confiant en sa vertu et en sa puissance, il a dissipé les ennemis, non par le fer, mais par la prière. »

En terminant, nous prions le lecteur de ne pas oublier que la vénérable Anne se mit en prière d'après la révélation de sainte Thérèse. Aux deux servantes du Seigneur, revient donc l'honneur de la délivrance d'Anvers (1).

(1) Il se célébrait jadis chaque année, le 8 septembre, à l'église des Carmélites d'Anvers, une messe solennelle en actions de grâces de cette délivrance. Les autorités de la ville en faisaient les frais et y assistaient en corps. Cette manifestation de la reconnaissance publique cessa d'être pratiquée en 1783, époque de la fermeture, par ordre de Joseph II, du couvent des Carmélites d'Anvers.

FIN.